SAINTE-PHILOMÈNE,

OU

LE TRIOMPHE DE LA VIRGINITÉ,

TRAGÉDIE CHRÉTIENNE EN CINQ ACTES,

Dédiée à Mlle Du C.

Par FOUILLAND.

LYON.

GIRARD ET JOSSERAND,

LIBRAIRES, PLACE BELLECOUR, 21.

1852.

SAINTE-PHILOMÈNE,

LE TRIOMPHE DE LA VIRGINITÉ,

TRAGÉDIE CHRÉTIENNE EN CINQ ACTES,

Dédiée à Mlle Du C.

Par FOUILLAND.

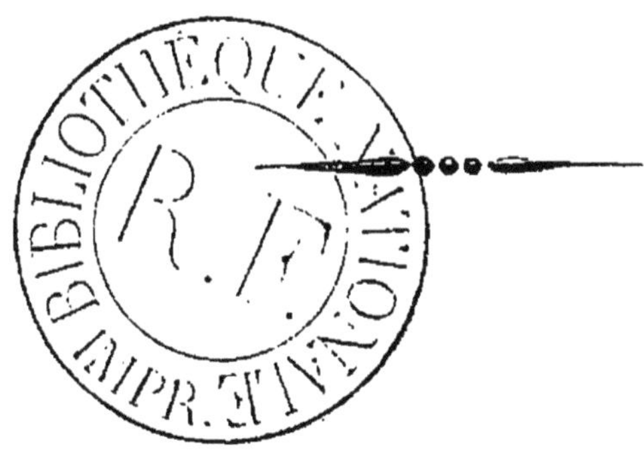

LYON.

GIRARD ET JOSSERAND,

LIBRAIRES, PLACE BELLECOUR, 21.

—

1852.

PRÉFACE.

L'Apôtre bien-aimé de Jésus nous le représente comme l'agneau sans tache , élevé sur un trône de gloire, environné des Saints, qui , à son exemple, ont gardé ici-bas une pureté inviolable.

Dans ce drame de la céleste patrie , les acteurs sont les Anges de Dieu et les esprits bienheureux ; les principaux personnages sont ceux qui , par la vertu angélique , s'approchent le plus de la Divinité.

La durée de cette représentation d'un bonheur qui ne connaît pas d'illusion , est celle du grand jour de l'éternité ; le lieu de la scène est le séjour de la gloire ; l'unité d'action est l'amour qui leur est essentiel dans le sein de Dieu où ils sont unis.

Aussi l'intérêt ne saurait-il s'affaiblir ni mourir ; à chaque acte il naît, il se soutient dans sa simplicité jusqu'à ce qu'il se concentre en s'intimant dans la divinité.

Tel est le spectacle auquel les pères chrétiens ont mené de tous temps les enfants dociles ; ils leur ont ouvert ces pages immortelles qui perpétuent la mémoire des actions éclatantes des Saints ; ils les leur ont apprises par cœur, ils les ont instruits à les chanter dans les fêtes solennelles, ils leur ont représenté comme un trésor inestimable cette perle, cette fleur dont la mémoire est immortelle, ce nom de virginité qui seul est en honneur et devant Dieu et devant les hommes.

Telle est l'œuvre merveilleuse qui faisait l'objet de leur théâtre.

Ce champ fécond de la poésie sacrée s'ouvre sous les heureux auspices du Mentor qui préside aux destinées de l'éducation, et sa fille, ainsi que lui, veut que l'Athénée nouveau soit une école de mœurs où l'on puise les préceptes de la morale et de la vertu qui font l'homme de bien et le citoyen parfait.

C'est à elle que nous offrons notre Sainte Philomène.

Le nœud de ce drame est le triomphe de la Virginité.

La distribution comprend cinq actes.

En voici l'exposé que nous tirons d'une révélation :

« Le père de sainte Philomène était un prince de la Grèce, qui étant affligé, ainsi que son épouse, de n'avoir point d'enfants, se rendit aux insinuations d'un médecin chrétien , nommé Publius , Romain, qui les engagea l'un et l'autre à embrasser le christianisme , et les assura que Dieu les consolerait dans leur peine. Ils eurent une fille le 10 janvier; ils lui donnèrent le nom de *Lumène*, comme ayant été conçue et étant née à la lumière de la foi. Au baptême , elle reçut d'eux le nom de Filumena, ou Philomène. L'empereur Dioclétien ayant déclaré la guerre à ce roi , celui-ci résolut de venir à Rome, avec son épouse et sa fille alors âgée de treize ans. Ils se présentèrent tous les trois à l'empereur pour obtenir grâce. Pendant le discours du père de Philomène , l'empereur ne cessa de la fixer, et répondit ensuite qu'il accorderait la grâce demandée, à la condition que Philomène deviendrait son épouse ; mais celle-ci se refusa constamment aux instances de l'empereur et aux prières de ses parents , en disant qu'elle avait consacré sa virginité à Dieu , et que rien ne pourrait lui faire violer son engagement. L'empereur, irrité de ce refus et n'espérant plus la vaincre par la voie de la douceur , eut recours aux menaces et aux châtiments. Il fit mettre Philomène en prison, où elle resta quelque temps ; il la fit ensuite fouetter et jeter dans le Tibre, étant attachée à un ancre ; mais les anges en coupèrent la corde , et la sainte ne fut pas même mouillée. Alors l'empereur ordonna de la mener dans les rues de Rome, et de la percer de flèches rougies au feu; et enfin il la fit décapiter (le vendredi 10 août, à trois heures après midi). »

PERSONNAGES :

Sainte Philomène, Vierge et Martyre, 10 août.
Un Prêtre.
Des Anges.
Tiridate, père de sainte Philomène, roi d'Ar-
ménie.
La Mère de Sainte Philomène.
Publius, médecin.
La Femme de Publius.
Dioclétien, empereur des Romains.
Prisca-Valérie, impératrice.
Galère.
Un Courtisan.
Des Gardes.
Le Hérault de Galère.
Des Vierges chrétiennes.

(Le théâtre représente le palais de Dioclétien sur
le Tibre).

SAINTE-PHILOMÈNE

OU

LE TRIOMPHE DE LA VIRGINITÉ.

PREMIER ACTE.

SCÈNE I.

PHILOMÈNE , LA FEMME DE PUBLIUS.

LA FEMME.

Ah ! quel terrible coup ! ma chère Philomène,
Ce jour a décidé du sort du Boristhène,
Et l'Arménie en deuil pleure aussi de bons rois.

PHILOMÈNE.

Eh ! pourquoi ces frayeurs, ce trouble où je te vois ?
Dieu soit béni de tout !

LA FEMME.

    A sa volonté sainte
Je me soumets de cœur ; mais le peut-on sans crainte,
Quand on vient annoncer que nos braves soldats
Viennent de succomber après d'affreux combats ;
Que Dioclétien a, dans cette journée,
De l'Arménie en pleurs changé la destinée ;
Qu'il y règne en tyran, que son autorité
Vient d'un prince chéri briser la royauté ?

PHILOMÈNE.

Dieu soit béni de tout ! Si le Ciel nous éprouve,
Il n'est rien que je craigne et rien que je n'approuve.

LA FEMME.

Vous savez à quels maux est exposé l'Etat,
Quand au prince captif succède un scélérat :
Que deviendront, hélas ! en ces temps d'anarchie,
La foi, les mœurs ? Je crains qu'avec la monarchie
Ne s'éteigne du Christ et l'amour et la foi ;
'lons-nous pas tout perdre en perdant notre roi ?

PHILOMÈNE.

Dieu soit béni de tout !

LA FEMME.

Dans votre âme fidèle
Retenez bien l'avis qu'a   suggéré le zèle
De mon cher Publius : nos plaintes, nos soupirs
Sont agréés de Dieu qui sait nos saints désirs.
Prions, et de nos cœurs il bannit les alarmes ;
Prions, et de nos yeux sa main sèche les larmes :
A genoux, a-t-il dit : nous y tombons, ma sœur.
L'ange de l'Arménie inspire au fond du cœur
Ce que nous devons faire : à Rome il faut qu'on mène
Nos meilleurs orateurs ainsi que Philomène ;
Peut-être de son trône un roi précipité,
A ses charmes vainqueurs devra la royauté ;
Le modeste respect peut vaincre la colère
Qu'un Dioclétien conçoit contre son père.
Mais je l'ai vu ce prince, hélas ! trop malheureux,
Et sa fille le jette au cachot ténébreux !

PHILOMÈNE.

J'élève mes regards vers le Dieu qui nous aime ;
J'adore ses desseins, sa volonté suprême.

LA FEMME.

Ce grand Dieu, comme vous ici nous l'adorons,
Sans crime vous pouvez nous tirer des prisons ;
Votre main tient le sort que nous devons attendre,
C'est par vous qu'un Auguste à la paix veut nous rendre.

PHILOMÈNE.

Ce Dioclétien, je n'ose l'implorer,
Je ne puis, devant Dieu, que me taire, adorer.

LA FEMME.

Aux vœux de Mardochée, Esther alla docile
Aux pieds d'Assuérus ; le salut fut facile.

PHILOMÈNE.

Je crains.

LA FEMME.

Esther craignait.

PHILOMÈNE.

Il était son époux ;
Epouse de mon Dieu, je sais que le courroux
De Dioclétien..i....

LA FEMME.

Tenons-nous en silence,
Votre père est ici, mon Publius s'avance.

SCÈNE II.

TIRIDATE, PHILOMÈNE, PUBLIUS, LA FEMME.

TIRIDATE.

Ma fille, c'en est fait.... mon esprit est soumis ;
Si Dieu m'ôte le trône, il me l'avait commis.
Peut-être des faux biens nous fait-il voir le vide !
Montre-t-il à mes vœux un bonheur plus solide !
S'il dispose à son gré des trônes et des rois,
Soyons soumis en tout à ses aimables lois.

PHILOMÈNE.

Oui, mon père.

LA FEMME.

O mon prince, écoutons ses oracles
Mais nos cris vers le ciel obtiendront des miracles ;
Les prodiges divers qu'il produit chaque jour
Ont gravé dans nos cœurs la loi de son amour ;
Il fut pour nous si bon, il est toujours aimable,
Il peut nous rendre encore un monarque indomptable ;
Il peut changer, ce Dieu, les vaincus en vainqueurs,
Une chaîne de fer en couronne de fleurs.
Il est vrai qu'en ce jour, une pénible chaîne
S'appesantit sur nous ; mais votre Philomène
Peut vaincre le courroux de Dioclétien.
En vous rendant le trône il nous rendra tout bien :
Préparons-nous ici dans cette solitude.

PHILOMÈNE.

Que sa vue à mon cœur mettrait d'inquiétude !
Ainsi frémit la mer quand ses flots sont troublés,
Ainsi tremblent les cieux par la foudre ébranlés.

TIRIDATE.

Et d'où tё vient ce trouble, ô toi que rien n'étonne?
Que craindrais-tu de perdre? Il n'est plus de couronne....

PHILOMÈNE.

Ce n'est point ce qui rend le front majestueux,
Ce n'est point son éclat qui rend l'esprit heureux ;
Notre âme est au-dessus de la grandeur suprême,
La vertu doit briller plus que le diadême ;
Mon père est, dans les fers, bien plus grand qu'autrefois,
S'il en est plus chrétien. Soumise au Roi des rois,
Je crains pour ma vertu.

TIRIDATE.

Le trône est-il funeste
A la vertu, ma fille, alors qu'elle nous reste?
Quand un puissant vainqueur vient de tout ravager,
Tu n'iras à ses pieds que pour la protéger :
Peut-être désarmé par tes douces prières,
Sera-t-il, ce grand cœur, sensible à nos misères !
Il peut nous rendre un trône où brilla la vertu ;
Peut-être tendra-t-il à mon peuple abattu
Une main qui relève !

PHILOMÈNE.

Hélas !

TIRIDATE.

Quoi ! tu résistes?

LA FEMME.

Son hélas ! m'est connu ; faire ce que vous dites
S'oppose à son amour.

TIRIDATE.

Sur son cœur, à sa main
Qui donc aurait des droits, quand j'offre un souverain?

PHILOMÈNE.

Un Dieu.

PUBLIUS.

D'un Dieu le sceptre est un sceptre de gloire ;

Le prince, mon époux, suivi de la Victoire,
Ne connaîtra jamais ces retours si fâcheux
Dont se plaignent parfois les princes malheureux.
A jamais sa grandeur, sa gloire est infinie,
Et, loin de son palais, fuit toute ignominie.

PHILOMÈNE.

Voici l'anneau qu'hier Publius m'a donné
Pour marque de l'hymen à jamais fortuné
Que je contracte ici.

TIRIDATE.

Sans l'aveu de ton père ?
Tes vœux sont-ils chrétiens ?

PUBLIUS.

Dieu parle, il doit se taire
Ce prince infortuné qui gémit dans les fers.

TIRIDATE.

D'un mot tu l'eus sauvé, ma fille, et tu le perds,

CHANTS.

De l'empereur voyez le trône,
La beauté vous y donne accès ;
Venez jouir de ses bienfaits,
Recevoir de lui la couronne ;
Il est au ciel un trône d'or,
Une couronne de lumière,
Dieu nous appelle, et notre essor
Est pour cette belle carrière.

—

C'est le maître d'un vaste empire
Qui veut, sur un char radieux,
En son palais majestueux,
Au gré de son cœur vous conduire.
Un Dieu, sur le char des Vertus,
Nous conduit au rang que la gloire
Nous assigne auprès de Jésus,
Au beau séjour de la victoire.

—

Dans une cour majestueuse,
Vous serez reine des Romains,

L'univers sera sous vos mains,
Ne serez-vous pas trop heureuse ?
Au ciel, le bonheur est plus grand ;
Quand au front brille un diadème,
Qu'aux mains est le sceptre éclatant,
Nous avons le bonheur suprême.

DEUXIÈME ACTE.

SCÈNE I.

DIOCLÉTIEN, LE HÉRAULT DE GALÈRE.

LE HÉRAULT.

Quelle heureuse nouvelle ! Un ennemi dompté,
Et sa fille, princesse à la rare beauté,
Sont là pour rehausser la superbe conquête
Dont Galère jouit ; ordonnez qu'une fête
En marque le retour.

DIOCLÉTIEN.

. Pourrait-il demander
L'honneur d'un tel triomphe, et pourrais-je accorder,
S'il est une beauté dans la fière Arménie,
Qu'il la traînât dans Rome avec ignominie ?
Non. Dans la grandeur d'âme un Auguste affermi
Est sensible au malheur d'un roi son ennemi.
Va dire à ton César que mon ordre est suprême,
Qu'il respecte ce roi comme un autre lui-même.

SCÈNE II.

DIOCLÉTIEN SEUL.

Ce cruel verrait donc, sous un char écrasé,
Un roi qu'il rend captif loin d'un trône brisé ?

SCÈNE III.

DIOCLÉTIEN, GALÈRE.

GALÈRE.

De la superbe Rome, oui, seul je fais la gloire ;
Sur l'univers soumis Rome a de nous la victoire.

Je viens pour en jouir ; vois mes soldats tout prêts,
Ont-ils sur mon captif épuisé tous leurs traits ?

DIOCLÉTIEN.

Les soldats, les héros, m'ont porté sur le trône ;
Voudrais-tu sur ton front qu'ils mettent la couronne ?
Carin se crut meilleur que Dioclétien :
Un tribun me vengea ; contre toi j'ai le mien.
S'il faut avoir pour chef le plus digne de l'être,
Crois-tu bien que, dans Rome, on te veuille pour maître ?

GALÈRE (*frappant sur son épée*).

Je saurai l'y contraindre.

DIOCLÉTIEN.

Et j'ai la mienne encor,
Mais la gloire toujours en dirige l'essor.

GALÈRE.

La gloire ! Rome enfin de tous ses maux respire ;
Jamais plus glorieux a-t-on vu notre empire ?
Sous nos coups sont tombés Coptos et Busiris,
La victoire est entière et le Perse est soumis.
Tout irait bien pour nous, si l'Arménie ingrate
N'avait encor pour roi le chrétien Tiridate ;
Ennemi de l'empire, il se rit de nos dieux,
Il attire sur nous la colère des cieux.
De nos dieux, il est temps, désarmons la justice.
Ordonne, en ce grand jour, que tout chrétien périsse.

DIOCLÉTIEN.

Rome se plairait-elle en voyant leur tourment ?

GALÈRE.

Des autels de nos dieux ils seront l'ornement.

DIOCLÉTIEN.

Il en coûte à mon cœur, se plairait-il à nuire ?

GALÈRE.

Les ennemis des dieux ne sont bons qu'à détruire.

DIOCLÉTIEN.

Pour la gloire des dieux apprends que je suis fort ;
Je signe sans trembler de tout chrétien la mort.

Va, marche, précédé d'une pompe terrible,
Que dans Rome, aujourd'hui, leur grandeur soit visible ;
Que les chrétiens vaincus suivent tremblants ton char :
Triomphe pour les dieux et sois noble César,
Ainsi le veut Auguste.

SCÈNE IV.

DIOCLÉTIEN seul.

　　　　　　　　Eh quoi ! toujours la guerre,
Du sang de ces chrétiens j'inonderai la terre !
Ce n'est point par fureur, par haine ou cruauté
Que ce chrétien captif est ici tourmenté ;
Je sacrifie aux dieux, et dès-lors plus de crime,
Rome en est le saint temple, il faut une victime,
Une hécatombe est due à nos brillants succès,
Allons donc immoler au temple de la Paix.

SCÈNE V.

DIOCLÉTIEN , VALÉRIE.

VALÉRIE.

Qu'as-tu fait, mon ami ? Qu'oses-tu donc prétendre
Par tes ordres sanglants quel bruit se fait entendre !
Quel concours pour le voir sous un char abattu,
Ce prince malheureux que Galère a vaincu !
Ce prince, la bonté, la douceur le couronne,
La vertu de sa fille en ses fers l'environne.

DIOCLÉTIEN.

Le sang d'un roi m'est cher, mais l'est-il à nos dieux ?

VALÉRIE.

Ce prince, quel qu'il soit, est un prince à mes yeux ;
Si tu veux que l'amour honore ta puissance,
Que le peuple soumis te rende obéissance,
Protége tous les rois.

DIOCLÉTIEN.

　　　　　　De nos dieux le courroux,
Si nous les protégeons, s'appesantit sur nous.

VALÉRIE.

Quel mal a-t-il donc fait ce prince vénérable?
La vertu de sa fille à son règne admirable
Ajoutant de l'éclat, parle assez haut pour lui;
Cette vertu si belle est donc un frêle appui!

DIOCLÉTIEN.

Mais, n'est-il pas chrétien ?

VALÉRIE.

           Si tu veux leur supplice,
Du crime de ce roi je dirai le complice :
Oui, plus d'une couronne au même crime a part,
Et moi-même je suis coupable à cet égard.

DIOCLÉTIEN.

Que dis-tu, malheureuse ? Aux dieux je sacrifie,
Ne crois pas que l'amour ici te justifie ;
La gloire de nos dieux l'exige, tu mourras !

VALÉRIE.

Mon ami, que je meure! Eh! frappe de ton bras!
Ne crains rien, me voici : Néron tua sa mère ;
Domitien sa sœur ; Caracala son frère.
Ah! quel plaisir pour toi! Quelle gloire à ton nom !
Mon Dioclétien est un autre Néron !
Que mon âme s'exhale! Eh! puis-je vivre encore,
Le pourra-t-il lui-même, un remords le dévore ?
Bourreau de son épouse, il en signe l'arrêt.
Que son glaive, ou plutôt ton amour soit le trait.
Mon Dieu! Que ma douleur épargne un nouveau crime
Tu le peux, qu'il me trouve insensible victime :
Si, contre la nature, il est assez d'horreur,
Que ton amour me perce au lieu de sa fureur !

    (Elle tombe morte.

SCÈNE VI.

DIOCLÉTIEN seul.

Elle meurt! dieux! ainsi votre juste colère
Est visible à mes yeux ; vous le deviez, j'adhère,
Et je ne me plains pas d'un sensible revers.

S'il est pour le bonheur des dieux de l'univers.
Que tout chrétien périsse ! et puisse le tonnerre,
A défaut des tourments, en délivrer la terre !
Eloignons cet objet, et des dieux irrités
Calmons l'ire en frappant des sujets révoltés.

SCÈNE VII.

PHILOMÈNE, TIRIDATE, DIOCLÉTIEN, PUBLIUS.

TIRIDATE.

La perte de nos biens serait-elle suivie,
Auguste généreux, de celle de la vie ?
Nous, jadis prince heureux, de fières nations
Nous faisons à vos pieds d'humbles soumissions ;
Mais si, dans cet Auguste, un cœur est magnifique,
Et si, dans le héros, une âme est héroïque,
Qu'il daigne en pitié prendre un roi qu'il a dompté.

DIOCLÉTIEN.

Sois prince, je le veux pour ma félicité ;
Le bonheur de la paix à l'horreur de la guerre
Succède enfin ; Auguste est maître de la terre.
Le Romain triomphant abjure la fureur ;
Il pardonne aux vaincus que soumet sa valeur.

TIRIDATE.

Je l'aurai donc ma vie ?

DIOCLÉTIEN.

    Et la couronne même ;
Que ta fille ait au front mon brillant diadême ;
Sur le trône où je suis, moi, Dioclétien,
Je l'élève en ce jour, mon empire est le sien :
Tu seras, toi, César.

TIRIDATE.

    Pour moi c'est trop de gloire,
Mon bonheur est trop grand pour que je puisse y croire ;
C'est assez que ta main veuille briser mes fers,
Et j'ai pu vivre heureux au bout de l'univers.

DIOCLÉTIEN.

Mon cœur choisit ta fille et j'en fais une reine ;
Son amour de mon cœur vient de bannir la haine.

Le fer était levé pour répandre ton sang,
Galère l'aurait fait ; monte à l'illustre rang
Où je l'avais placé : jouis de ma fortune,
Je ne veux plus souffrir la présence importune
D'un César qui, cruel, en ces murs te proscrit ;
Sois César, si mon cœur de sa beauté jouit.

(S'approchant de Philomène qui fuit).

Et comment de ce cœur je n'aurai pas l'hommage,
Moi qui du monde entier puis jouir sans partage !
Gardes, arrêtez-la ; dites-lui que mon but
A ses charmes vainqueurs est d'offrir un tribut ;
Dites ce que je donne et ce que je demande :
La couronne, l'empire est le fruit de l'offrande
Qu'un père me fait d'elle, et j'en serai l'époux.

SCÈNE VIII.

PHILOMÈNE, LE COURTISAN, LE GARDE.

LE GARDE.

Halte-là, Philomène !

PHILOMÈNE (*fuyant*).

     O Dieu, je suis à vous,
Je vous fais de mon âme un entier sacrifice ;
Je veux me consacrer à votre doux service,
Je foule aux pieds pour vous l'empire et cet amant.

LE COURTISAN.

Eh quoi ! vous résistez à son empressement ?
Il vous offre la vie, un trône, une couronne,
Et les feux de l'amour dont son grand cœur rayonne.

PHILOMÈNE.

Il en est un que j'aime, et le sort le plus doux
M'unira pour jamais à cet aimable époux.

LE COURTISAN.

Le mortel qui pour vous aujourd'hui se déclare
Est orné par les cieux de leur don le plus rare ;
Aux grandeurs de l'esprit il joint celles du cœur ;
Il possède à la fois la bonté, la valeur :
Jamais plus grand mortel ne se montra dans Rome.

PHILOMÈNE.

Mon époux est un Dieu ; celui-ci n'est qu'un

LE COURTISAN.

Vous l'avez vu gémir des maux qu'il vous a faits ;
Tous ses vœux, tous ses pas ne tendent qu'à la paix :
Il vient vous exprimer son amour magnanime ;
A ces épanchements voyez qu'un Dieu l'anime ;

PHILOMÈNE.

Mon époux est un Dieu.

LE COURTISAN.

      Toujours vit Romulus,
Et Dioclétien exprime ses vertus.

PHILOMÈNE.

Je ne puis accepter cette alliance humaine ;
Mon époux est le Christ.

SCÈNE IX.

DIOCLÉTIEN , LE COURTISAN.

DIOCLÉTIEN.

      Que t'a dit Philomène ?

LE COURTISAN.

J'ai fait ce que j'ai pu ; de son affection
Je n'ai su disposer par fait, ni fiction :
D'un autre amour captive elle brûle en son âme.

DIOCLÉTIEN.

Essayons, toutefois, d'en attirer la flamme ;
Peut-être que l'horreur d'une noire prison
Lui fera retrouver le sens et la raison.

   (Bas).
A son insu je puis, là, voir encor la face
Qui de ma Valérie a la charmante trace.

   (Haut).
Mais sinon, qu'elle soit l'ornement de César ;
Que Galère triomphe et qu'il traîne à son char
Le père avec la fille.

CHANTS.

Un père le veut, sois l'épouse
D'un roi du terrestre séjour ;
Non, non, d'un immortel amour
Pour un Dieu notre âme est jalouse.
Mais craindrais-tu pour ton honneur ?
L'honneur est plus grand sur le trône ;
Ah ! je crains tout pour la pudeur,
Elle vaut plus que la couronne.

—

Mais la couronne, oh ! qu'elle est belle !
Etre reine, quelle splendeur !
Plus belle encore est la pudeur ;
Mais sur le trône, ah ! qu'elle est frêle !
Cette fleur, éclose du ciel,
Se cueille ici dans la retraite ;
Dans un cœur humble l'Eternel
Par son secours la rend parfaite.

TROISIÈME ACTE.

SCÈNE I.

TIRIDATE , PHILOMÈNE , PUBLIUS.

TIRIDATE.

Toi qui de ma fortune aurais été l'arbitre,
Vois, du trône à ton père il n'est plus le beau titre ;
Si tu m'avais servi comme un pieux enfant,
Quand j'ai reçu du ciel le plus dur traitement,
De Dioclétien j'aurais toute l'estime ;
Ton cœur, en se donnant, eût été magnanime.
Pouvais-je, dans les fers, davantage sur moi ?
Il te veut pour épouse et j'ai promis ta foi.
Le bonheur de mon peuple exige un sacrifice
Qui, de la main d'un père, au ciel sera propice.

Quand le bonheur d'un peuple inspire un tel choix,
Du Seigneur qui le veut n'entends-tu pas la voix ?
Mais du Dieu que tu sers ne suis-je pas l'image ?
Peut-il, sans mon aveu, recevoir ton hommage ?
Tu dépends de ton roi, ma sainte autorité,
Ma fille, est un rayon de la Divinité.
Des intérêts si chers n'es-tu donc point jalouse ?
Tu veux Dieu pour époux, le veut-il pour épouse,
Sans l'agrément d'un père ? Un téméraire vœu
Ne saurait, j'en suis sûr, être agréé de Dieu.
Le crois-tu, Publius?

PUBLIUS.

    D'un stérile hyménée
Je plaignais, ô mon roi, la triste destinée ;
Vous devîntes chrétien, votre règne est heureux,
Vous avez des enfants, c'est le présent des cieux ;
Vous leur avez appris qu'il est au ciel un Maître,
Vous avez mis vos soins à le faire connaître ;
Ce Dieu bon, ce grand Maître a su leur enseigner
Le grand art de lui plaire ; à vous l'art de régner.
Le trône est votre étude, et ses lois, ses maximes
Ont mis un autre soin dans leurs cœurs magnanimes.
Philomène s'élève à son trône immortel
Que l'humble, en se courbant, trouve aux pieds de l'autel.
Instruite de ces biens, dont le ciel est la source,
Elle y puise à souhait et c'est là sa ressource.
Etendre le saint culte, en défendre la loi,
Adorer le Seigneur en lui vouant sa foi,
Tel est son seul désir. Le ciel même l'invite ;
En agissant ainsi, c'est un roi qu'elle imite :
Depuis que le Seigneur vous a rendu chrétien,
Vous êtes vertueux, sans qu'il en coûte rien ;
Force, zèle, douceur, équité, patience,
Prudence, modestie, humilité, constance,
Ce sont là de mon roi les ornements pompeux,
Et j'en vois sur sa fille un héritage heureux.
Souffrez donc que d'un père elle imite l'exemple,
Mais déjà je la vois, Dieu, se rendre en ton temple.

TIRIDATE.

Ma fille, allez

SCÈNE II.

PHILOMÈNE seule.

Seigneur, est-il un sort plus doux
Que celui d'une vierge? Elle a Dieu pour époux.
Ah! que mon cœur n'est-il comme un autel propice
Où j'offre de mon corps le chaste sacrifice!
Que le ministre saint soit témoin de mes vœux;
De mon saint hyménée allons former les nœuds!

SCÈNE III.

(Philomène frappe à une porte, un prêtre s'avance).

LE PRÊTRE.

Que voulez-vous, ma fille?

PHILOMÈNE.

Une douce alliance;
Aux noces de l'Agneau Philomène s'élance.

LE PRÊTRE.

L'épouse qui le suit doit marcher sur ses pas
Et toujours, et partout, et ne reculer pas;
Pourrez-vous, ô ma fille, avec lui dans Solyme
Monter sur le Calvaire, où l'épine s'intime
Jusques au fond du cœur.

PHILOMÈNE.

Partout je le suivrai.

LE PRÊTRE.

S'il vous fuit, s'il se cache.

PHILOMÈNE.

Alors je l'aimerai
Sujet de mes douleurs, s'il est dans les souffrances;
Tendre objet de ma joie et de mes complaisances,
S'il m'appelle au Thabor.

LE PRÊTRE.

Votre père est un roi,
Le Christ naît dans la crèche, il suit la rude loi
Qu'il impose aux pasteurs; son palais est l'étable.

PHILOMÈNE.

Dans cet état du pauvre, il m'en est plus aimable.

LE PRÊTRE.

Si, dans lui, tout vous plaît, s'il est seul votre amant,
S'il a de votre cœur l'intime sentiment,
Avancez vers l'autel où ce Dieu vous attire,
Venez au doux festin où votre amour soupire.
En donnant votre foi, reine, souvenez-vous
Qu'il ne veut point d'émule, il est un Dieu jaloux ;
De le chérir lui seul faites-lui la promesse.

SCÈNE IV.

LE PRÊTRE, QUELQUES VIERGES, PHILOMÈNE.

PHILOMÈNE (s'avançant vers l'autel).

O mon Dieu ! je me rends à l'amour qui me presse.
Mon amour ne sera d'aucun amour épris,
Si ce n'est de l'amour qui vit parmi les lis.
Soyez vous seul, ô Dieu, la source de la flamme
De mon cœur embrasé ! Que ce feu, dans mon âme,
Consumant les ardeurs de toute impureté,
Y produise les fleurs de la virginité !

LE PRÊTRE.

Trop heureuse avec lui, que ce Dieu vous contente,
Que le trône n'ait point de splendeur qui vous tente !
Goûtez tous les plaisirs, les plaisirs les plus doux,
Jouissez des honneurs, honneurs dignes de vous !
Qu'il vous captive en paix dans ses aimables chaînes,
Que, par ses doux attraits, il allége vos peines !
De ce nouvel hymen goûtez le souvenir,
Au ciel en sont les fruits, vous pourrez les cueillir.

SCÈNE V.

PHILOMÈNE, DES VIERGES, UN ENFANT.

UNE VIERGE.

Oui, la virginité formera la couronne
Que le Ciel vous prépare et qu'un ange vous donne.

(L'enfant dépose une couronne sur la tête de Philomène).
La couronne de l'ange orne un front glorieux ;
Si, pure comme lui, vous la portez aux cieux,
Dans un corps de poussière ayez une âme pure ;
Le Ciel vous donne un voile, ayez-le pour armure.
(Deux vierges la couvrent d'un voile).
Mais c'est surtout le cœur qui doit être un autel
Pur, sans tache, où le feu d'un amour éternel
Brûle pour Dieu seul. Fille, en fais-tu la promesse ?

PHILOMÈNE.

Je veux l'aimer toujours, je veux l'aimer sans cesse.
(Elle se met à genoux).
Recevez de mon cœur le saint engagement.

LA VIERGE.

Je reçois en ton nom, Dieu, ce vœu, ce serment.
(L'enfant lui donne un anneau).

SCÈNE VI.
DIOCLÉTIEN, LE COURTISAN.

DIOCLÉTIEN.

Galère a su dompter la Grèce par les armes,
Et la Grèce, à son tour, me dompte par des charmes.
O dieux ! quelle harmonie, et d'où vient cet accent ?
Quelle suavité ! Le plus doux instrument
Peut-il le reproduire ? Est-ce un nouveau Tibulle,
Est-ce, Apollon, ta lyre, ou la tienne, ô Catulle ?
Je crois toujours l'entendre. A loisir je l'ai vu
Ce visage charmant dont l'éclat m'a vaincu ;
Je crois la voir encor cette belle couronne
Qui descend de l'Olympe et que Vénus lui donne.
Le front de Valérie avait la majesté ;
Mais la beauté suprême a seule l'unité :
La beauté de Vénus pâlit en sa présence,
C'est la sérénité de l'heureuse innocence.
De ce bandeau d'amour quand j'enivrais mon cœur,
Un voile le dérobe et m'ôte le bonheur.

LE COURTISAN.

Un Dieu vous trompe, Auguste, expliquez ce mystère.

DIOCLÉTIEN.

Je l'ai vue en ses fers, sa voix à ma paupière,
Son amour à mes sens inspire un doux sommeil :
Quand je m'y livre, un songe, un songe, à mon réveil,
Vient répandre en mon cœur la terreur qui le glace.
Je vois ma Valérie. « Une autre a donc ma place, »
M'a-t-elle dit ? « Une autre a d'un cœur indompté
» Su vaincre le courroux, contraindre la fierté ! »
» Pour finir ton veuvage, ah ! tu voudrais lui plaire ;
» En deuil sera toujours ta couche solitaire.
» Ainsi que ton épouse elle abhorre les dieux,
» Ton palais et ton trône. Et, d'un prince odieux
» Que veux-tu qu'elle attende ? Elle a ma ressemblance :
» Tu signes notre mort, du soin de ma vengeance
» Je la charge aujourd'hui : je te fais entrevoir
» Que les vœux que tu fais sont des vœux sans espoir
» Je mets l'antipathie entre Rome et Carthage,
» A la Rome païenne il n'est plus l'avantage ;
» Le dernier des tyrans est Dioclétien.
» Dans ton camp est la honte, et la gloire est au mien ;
» Fi des tristes fureurs, des vengeances barbares !
» Il s'est éteint le feu des passions bizarres ;
» A Rome, on n'entend plus les profanes chansons,
» Ni d'un amour impur les impures leçons ;
» Une reine, au front pur, plus charmante et plus belle,
» Lève sa tête altière en la ville éternelle ;
» Une autre mélodie et de plus beaux concerts
» Déjà se font entendre en ce vaste univers ;
» Le solide bonheur, la joie inaltérable,
» La tranquille constance et la paix délectable
» Vont établir leur règne : un édit inhumain
» Va le couvrir de honte aux yeux du vrai Romain. »

LE COURTISAN.

Vous le deviez aux dieux, un songe vous égare ;
Recueillez vos esprits, et d'un songe bizarre
Bannissez la pensée.

DIOCLÉTIEN.

                     Elle vit dans mon cœur :
Le crime d'une amante est pour moi sans horreur ;

Cette épouse fidèle a su trop bien me plaire
Pour être sans regret ; il nous est nécessaire
Cet amour conjugal. Ce lien est brisé.

LE COURTISAN.

C'est peu ; c'est d'elle , ô dieux que je suis méprisé.
Les dieux dans leurs trésors ont la magnificence ;
La vertu des héros aura sa récompense.

DIOCLÉTIEN.

Je compte sur eux seuls.

LE COURTISAN.

Au temple de la Paix
Allons voir les heureux qui goûtent vos bienfaits.

DIOCLÉTIEN.

Que j'aille voir de sang rougir l'amphithéâtre !
Et quel plaisir de voir une Rome folâtre
Amuser ses loisirs en de cruels combats !
Pour moi, la solitude a de plus doux appats,
Et j'en rougis pour elle ; aux embûches du trône
Si je puis échapper, je veux bientôt, Salone,
Dans toi goûter la paix. Va, laisse-moi rougir,
Je ne veux pas entendre un fier lion rugir ;
C'est sur moi qu'en ce jour un songe le déchaîne ;
Il s'élance en fureur, mon cœur en est l'arène :
Toujours ce songe est là qui me glace d'effroi.
Mais, pour le dissiper, va, fais sortir le roi.

SCÈNE VII.

DIOCLÉTIEN, TIRIDATE.

TIRIDATE.

Je suis donc, comme hier, toujours malheureux père ;
Ma fille a son époux, tu ne saurais lui plaire.
Hier, tu lui disais : Souris à mon côté ;
Tu vas dire à son père : Aux lions sois jeté.
Sa vertu, trop austère, et repousse et condamne
Le trône d'un tyran, la couche d'un profane ;
Dieu l'eût permis hier, il défend aujourd'hui
L'hymen que je voulais ; elle ne veut que lui.
Hier, n'as-tu pas dit : Que le chrétien périsse !
Je le suis, elle l'est ; ordonne le supplice,

La persécution a décimé neuf fois
Des sujets, il convient qu'elle frappe des rois.
Comme eux, tu nous verras sans murmure, sans haine.

DIOCLÉTIEN.

Je ne veux point ta mort, tu n'es point dans l'arène.
Je l'ai dit : Sois César, j'en donne pour garant
Ma parole de prince, ou bien garde le rang
Que tu tiens dans la Grèce, et tes biens, et ta vie.
Jouis de mon estime, elle n'est point ravie
Au roi qui la mérite ; elle aux fers gémira,
Ou, bien mieux avisée, elle m'épousera.
Va lui porter mon ordre.

SCÈNE VIII.
TIRIDATE, LA REINE, PHILOMÈNE.

TIRIDATE.

Oui, tout ce qu'il te reste,

C'est l'hymen ou la mort, choisis.

PHILOMÈNE.

L'hymen céleste.

SA MÈRE.

Mais sois reine, il le veut.

PHILOMÈNE.

Oui, je veux l'être au ciel.

SA MÈRE.

Il t'offre son bonheur.

PHILOMÈNE.

Je le veux éternel.

SA MÈRE.

Ma fille, attache aux nœuds d'un auguste hyménée
Ta joie et son bonheur et notre destinée.

PHILOMÈNE.

Ma joie est dans le ciel ; je laisse à Dieu le soin
Et du prince et du peuple : il en sait le besoin.

SA MÈRE.

Pour Rome et pour la Grèce, ah ! sois donc attendrie !

En ce jour t'est commis l'honneur de la patrie.

PHILOMÈNE.

A Dieu seul tout honneur.

TIRIDATE.

Sur toi je ne puis rien ;
Que veux-tu que je dise à Dioclétien ?
Que choisis-tu ?

PHILOMÈNE.

La mort.

SA MÈRE.

L'hymen.

PHILOMÈNE.

L'hymen de gloire.
Là-haut il est réel , ici-bas illusoire.

SA MÈRE.

Celui de quelques jours peut nous conduire au ciel.
Cède enfin, ô ma fille, au conseil maternel ;
Choisis l'hymen ; ma fille, ah ! ta mère attendrie,
Vois, se jette à tes pieds, te tend les bras, s'écrie :
Etablis dans l'empire un règne de vertus ;
Que par toi cet époux rende Auguste et Titus !
Entends les derniers vœux et les plaintes amères
Que te fait mon amour ; le Dieu des pauvres mères
Des enfants qu'il leur donne a-t-il voulu la mort ?
Vis pour le trône.

PHILOMÈNE.

Au ciel, j'aurai bien meilleur sort.

SA MÈRE.

Tu veux mourir, adieu, je t'embrasse attendrie.

PHILOMÈNE.

Au revoir dans le ciel.

SA MÈRE.

Prodigue de ta vie,
Tu te perds, ô ma fille, et ne puis te sauver.

SCÈNE IX.

DIOCLÉTIEN, LE COURTISAN, PHILOMÈNE.

DIOCLÉTIEN.

C'est la mort ou l'hymen.

PHILOMÈNE.

La mort.

LE COURTISAN.

Tu peux braver
Ce roi qui l'est de mœurs, ce roi pour lui sévère,
Qui suit tous les devoirs de la pudeur austère.
Ta vertu craindrait-elle ? Il n'est point corrupteur :
S'il choisit une épouse, il ne veut que ton cœur.
Réponds à son amour, qui te vaut la couronne.

(*Philomène fuit*).

Mais tu fuis, tu le hais, tu refuses le trône!
De l'amour à la haine un cœur qui t'adorait,
S'il n'était que vulgaire, à l'instant passerait.
Crains un nouveau refus..... Parle, un mot le désarme ;
Tu l'as su captiver, ta vue ici le charme.

(*Philomène lui tourne le dos et abaisse son voile*).

PHILOMÈNE.

Marie, à mon secours! A mon secours, Seigneur !
Pour vous seul je respire et vous donne mon cœur.

DIOCLÉTIEN.

Ainsi ton choix est fait, tu l'as fait étant libre,
Sois maintenant captive, et des fers tombe au Tibre.

CHANTS.

Au trône il vous a destinée,
Vous êtes au gré de ses désirs ;
Si vous fuyez de ses plaisirs,
Soyez aux fers, infortunée.
Des fers ! Sans crainte en est l'aspect,
La fleur des ans nous est ravie ;
Peut-elle coûter un regret,
Quand la mort nous ouvre la vie ?

QUATRIÈME ACTE.

SCÈNE UNIQUE.

SAINTE PHILOMÈNE, DES ANGES.

UN ANGE.

(*Il paraît un soleil artificiel*).

Accourez, Chérubins, la terre fortunée

Du bonheur du ciel même en ce jour est ornée :
La plus brillante étoile y fait luire ses feux ;
De cet éclat si pur se pareraient les cieux.

UN AUTRE.

Plus pure que les cieux, plus noble que les anges,
Vous êtes, Philomène, au-dessus des louanges :
D'où vous viennent ces feux, admirable flambeau ?
Le Chérubin tremblant voit un astre nouveau :
Oui, des parfaits Esprits, des Puissances, des Trônes
Vous occupez le rang, vous aurez les couronnes.

UN AUTRE.

La voilà sur la croix où l'éprouve l'amour,
Brisons-la, c'est assez.

UN AUTRE.

    Non, non, encore un jour,
Pour montrer aux humains de vos vertus les charmes,
De votre humble pudeur il permet les alarmes.
Vous pourrez, sans orgueil, nous disputer le prix,
Philomène, et jouir du rang des purs esprits.
Oui, la virginité vous donne l'avantage
Sur cette pureté qui fait notre partage ;
Nous l'avons par nature, et vous, par vos combats.
Vivez pour vaincre encor.
   (*Il la délie, il la sort du Tibre*).

SAINTE PHILOMÈNE (*seule*).
     Qui dégage mes pas ?
Est-ce l'homme, est-ce l'ange ? Ah ! reçois ma prière,
Mon Dieu, qui me délivre ; eh ! je vois la lumière !
Tu me rends à la vie, et ta main de la mort
A brisé le pouvoir, a détruit la puissance.
Offrons à ce Dieu bon notre reconnaissance.

CHANTS.

Au lieu de fleurs, il n'est qu'épine ;
Ton corps de vierge est déchiré :
Il est meurtri, défiguré,
Le sang coule sur ta poitrine ;

Pour une chair mise en lambeaux,
Il n'est point une ignominie ;
Elle est au front de ses bourreaux,
S'il est au front une infamie.

—

Mais le ciel est ouvert, Marie
Vient l'assister dans ses combats ;
Frappe, bourreau, n'es-tu point las ?
Vois, toute blessure est guérie,
De mille dards perce son flanc ;
Déchire, lacère, tourmente,
Etanche ta soif dans son sang,
Si le fer, la flamme est trop lente.

—

Vierge, quel éclat t'environne !
Quelle auréole autour du corps
Etincelle et brille au dehors
Comme un rayon de ta couronne !
Cette couronne est un beau lis,
Et tu remportes la victoire ;
Si les tourments sont inouïs,
Au beau ciel, immense est ta gloire.

CINQUIÈME ACTE.

SCÈNE I.

DIOCLÉTIEN, GALÈRE.

DIOCLÉTIEN.

Mes vœux de son refus étaient trop outragés ;
De mort je l'ai punie.

GALÈRE.

       Et nos dieux sont veng's ;
Au fourreau j'ai remis ma trop sanglante épée ;
C'est assez, dans ton sang elle sera trempée.
Dans Rome assez longtemps en César j'ai vécu ;
Au trône d'un Auguste est ma place, il m'est dû.

DIOCLÉTIEN.

Que dites-vous, César ?

GALÈRE.

César doit être Auguste,
Abdique, ou sinon meurs. Et n'est-il pas bien juste
Que mes soldats vainqueurs prennent quelque repos?
La fête de la paix convient à des héros.
Tu réfuses les jeux que le peuple demande
D'un prince, mon captif, quand j'en veux faire offrande ;
Tu veux qu'il soit César? Je ne te connais plus.

DIOCLÉTIEN.

Aper était superbe, il fut bientôt confus.

GALÈRE.

Eternelle est ma gloire ! Au fourreau j'ai mon glaive,
Ce n'est plus que sur toi qu'aujourd'hui je l'élève :
Abdique, ou sinon meurs :

DIOCLÉTIEN.

Que dites-vous, César ?

GALÈRE.

Je dis que, sur ton trône, aujourd'hui j'aurai part.

SCÈNE II.

DIOCLÉTIEN SEUL.

Ce Galère, à son tour, veut le pouvoir suprême ;
Faut-il auprès du peuple aller plaider moi-même ?
Faut-il que l'un de nous gémisse dans les fers,
Ou bien qu'il prenne au loin le chemin des déserts ?
Que ne t'ai-je abdiquée, atroce tyrannie,
Avant d'avoir frappé ma chère Valérie ,
Ou cette autre ! J'entends cette mourante voix
Me déchirer le cœur pour la dernière fois !
Elle a prédit qu'un autre aurait une autre audace,
Règnerait à son tour, me ravirait ma place.
Qu'il règne, s'il le doit !

SCÈNE III.

DIOCLÉTIEN, LE COURTISAN.

LE COURTISAN.

Quel prodige nouveau !
L'ancre de fer n'a pu tenir au fond de l'eau ;
Philomène captive et de fers étant libre,
Je l'ai vue arriver sur la rive du Tibre.

DIOCLÉTIEN.

Elle vit !

LE COURTISAN.

Non, Galère accomplit vos décrets ;
Sur la place de Rome, il fait percer de traits
Cette Clélie où l'autre a l'équestre statue ;
César, pour la percer, la suit de rue en rue :
Dans l'antre de Vulcain, il fait rougir les fers,
Et le fer tout brûlant en lambeaux met les chairs.

DIOCLÉTIEN.

Je n'en puis soutenir l'idée épouvantable ;
Mais, quand un tel refus me déchire et m'accable,
Je ne puis reculer.

LE COURTISAN.

Ni pitié ni terreur
Ne le désarme, il sert à ta juste fureur ;
Tandis que tu punis la trop coupable offense,
Il triomphe à souhait par ta juste vengeance.

DIOCLÉTIEN.

C'est en vain que j'ai fait des travaux assidus ;
Il a d'heureux succès, les honneurs lui sont dus.
Galère a les honneurs, il me rend parricide ;
Atroce exaction ! et le peuple décide
Qu'il m'est supérieur ! Eh bien, soyons soumis,
Abdiquons, si pour Rome il n'est plus d'ennemis !
Quel accablant fardeau que celui d'un empire !
Que d'ennuis, que de soins, pour savoir le conduire !
Valérie a lancé la flèche dans mon cœur ;
La blessure est profonde, et j'en meurs de langueur.

J'ai frappé pour ce peuple une reine innocente ;
Toujours à ma pensée éplorée, expirante,
Je la vois cette épouse. Ah ! fuyons de ces lieux !
Fi d'un trône de sang où règnent de tels dieux !
Fuyons de ce bonheur l'apparence trop vaine,
Brisons, si nous pouvons, le fer qui nous enchaîne :
Quittons les maux cachés sous l'éclat des grandeurs !
Les biens sont à Salone, et dans les profondeurs
Des bois que j'ai plantés, des eaux qui les arrosent,
Allons, que mes ennuis pour toujours se reposent !

Roanne. — Imprimerie de FERLAY.